AF313778

CATALOGUE

DE

ARGENTERIE ANTIQUE

DONT LA VENTE AURA LIEU

A L'HOTEL DROUOT — SALLE N° 5

LE MARDI 12 JUIN 1888, A DEUX HEURES

COMMISSAIRE-PRISEUR

M. Paul TILORIER

EXPERT

M. H. HOFFMANN

LE LUNDI 11 JUIN, DE 1 A 5 HEURES

1888

MÂCON, IMPRIMERIE PROTAT FRÈRES.

CATALOGUE

TRÉSOR DE CHAOURCE

CATALOGUE

DE

ARGENTERIE ANTIQUE

DONT LA VENTE AURA LIEU

A L'HOTEL DROUOT — SALLE N° 3

LE MARDI 12 JUIN 1888, A DEUX HEURES

COMMISSAIRE-PRISEUR

M. Paul **TILORIER**

9, boulevard des Italiens

EXPERT

M. H. HOFFMANN

LE LUNDI 11 JUIN, DE 1 A 5 HEURES

1888

CONDITIONS DE LA VENTE

La Vente se fera au comptant.

Les acquéreurs payeront *cinq pour cent* en sus des enchères.

L'Expert pourra réunir ou diviser les lots à son gré.

TRÉSOR

DE

CHAOURCE

Le trésor que nous sommes chargé de vendre a été découvert, en 1883, à Chaource, près de Montcornet (Aisne). L'abbé Thédenat et M. Héron de Villefosse lui ont consacré une étude très savante et très approfondie, publiée dans la Gazette archéologique de 1885. Trente-deux vases d'argent, six vases de bronze plaqués d'argent et une statuette de la Fortune constituent ce trésor, qui remonte au second siècle de notre ère. La statuette ornait le laraire d'une maison de campagne romaine ; les vases forment un service de table presque complet : plateaux, grands et petits ; coupes de modèles et de dimensions variés ; gobelets, tasses, situles, une aiguière, une passoire, même une poivrière. Les trésors d'argent ne sont pas communs, ni en France ni ailleurs. En France, on n'en a trouvé que deux : celui de Bernay, qui est à la Bibliothèque Nationale, et celui de Notre-Dame d'Alençon, qui est au Louvre. Voici le troisième, aussi remarquable par la finesse des ciselures que par le goût exquis qui a présidé au choix des motifs d'ornementation. On ne saurait rien voir de plus beau. Si les artistes qui ont écrit leurs noms sur la vaisselle de Chaource ne portaient pas des noms romains (Genialis, Aurelianus, Kavarianus), on n'hésiterait pas un instant à attribuer les pièces principales à des orfèvres grecs.

Nous les avons fait reproduire par la phototypie, et dans un format qui permet de se rendre compte du moindre détail. La description rappelle souvent et forcément le travail de l'abbé Thédenat et de M. de Villefosse. Il eût été puéril de feuilleter le dictionnaire des synonymes pour dire en termes moins bons ce qui avait été dit en termes excellents, et pour affecter une indépendance à laquelle personne n'aurait cru.

CATALOGUE

1 — Coupe travaillée au repoussé et ornée de disques qui font saillie à l'intérieur. Trois rangs de ces disques sont étagés autour d'une rondelle centrale, et les interstices sont remplis de perles et de grènetis. Un cordonnet *(licium)* règne autour de l'orifice. Panse endommagée.

> H 74 mill. D 11 cent. Poids, 87 gr.

2 — Coupe semblable, le décor plus simple. Une large bordure de lignes brisées entoure l'orifice. — Panse endommagée.

> H 68 mill. D 12 cent. Poids, 107 gr.

3 — Gobelet de forme très élégante, la panse s'évasant vers l'orifice et vers le pied, sur lequel on lit le graffite Q.
Voir la phototypie, pl. I.

> *Thédenat et de Villefosse,* p. 77. — H 9 cent. D 8 cent. Poids, 128 gr.

4 — Gobelet semblable au précédent, mais un peu endommagé. Sur le pied, le graffite A.

> *Thédenat et de Villefosse,* p. 77. — H 84 mill. D 70 mill. Poids, 84 gr.

5 — Débris d'un vase analogue.

> Poids, 35 gr.

6 — Petit plateau, bordé d'un cordonnet *(licium)*; au centre, un
fleuron sur un champ niellé. Graffite sous le pied :
GENIALIS *(Genialis)*.
Voir la phototypie, pl. II.

> *Thédenat et de Villefosse*, p. 56. — D. 118 mill. Poids, 145 gr.

7 — Petit plateau de même forme, mais sans décor. Sous le
pied, un nom propre graffité que nous lisons **KAYAPIANI**
(Cavariani).

> *Thédenat et de Villefosse*, p. 58. — D. 123 mill. Poids, 126 gr.

8 — Petit plateau semblable. Sous le pied, deux graffites :
KAYARIANI et le chiffre **XXX**.

> *Thédenat et de Villefosse*, p. 57. — D. 122 mill. Poids, 134 gr.

9 — Tasse sans anse, bordée d'un *licium*. Au revers, deux graffites : sous le pied, **RVSA**; sur la marge, **MIIR**.

> *Thédenat et de Villefosse*, p. 56. — H 33 mill. D 95 mill. Poids,
> 129 gr.

10 — Tasse semblable, du même diamètre, mais un peu plus
basse.

> H 32 mill. D 95 mill. Poids, 135 gr.

11 — Tasse sans anse, bordée d'un *licium*. Sous le pied, le graffite
GENIALIS *(Genialis)*.

> H 36 mill. D 10 cent. Poids, 116 gr.

12 — Tasse semblable, du même diamètre, mais plus lourde et
moins élevée. Graffite effacé.

> *Théodenat et de l'Illétosse.* p. 54. — H 34 mill. D 10 cent.
> Poids, 188 gr.

13 — Tasse sans anse, bordée d'un *licium*. Sous le pied, un nom
propre graffité, dont on ne distingue que la terminaison
...RIANI. La panse du vase a été légèrement endommagée.

> H 30 mill. D 11 cent. Poids, 150 gr.

14 — Tasse du même diamètre, un peu plus basse, la panse
endommagée. Graffite sous le pied, le même que nous
lisons *Cacariani.*

> *Théodenat et de l'Illétosse.* p. 55, n° 5. — H 42 mill. D 11
> cent. Poids, 134 gr.

15 — Tasse analogue.

> H 37 mill. D 100 mill. Poids, 135 gr.

16 — Entonnoir muni d'une passoire mobile qui s'y emboîte et
dont les trous forment un dessin géométrique ravissant.
Le manche de l'entonnoir est amorti par deux chénisques
(cols de cygne) ; la passoire, également ornée de chénisques, s'arrête à une charnière qui permet de la faire
manœuvrer. Un graffite, tracé au revers de la passoire,
entre les deux cols de cygne : **PS\JI**, est une marque
pondérale, signifiant *pondus* : 1 *semis*, 1 *demi-once*, 1 *scri-
pulum* et 1 *siliqua*, c'est-à-dire un peu plus de 178 grammes.
La face externe de l'entonnoir n'est décorée que de filets
au trait.

> *Voir la phototypie,* pl. I.

> *Théodenat et de l'Illétosse,* p. 62. — D 84 mill. H 90 mill.
> Poids, 175 gr.

17 — Situle sans décor. L'anse est mobile et passée dans deux oreillettes arrondies qui s'élèvent sur le bord du vase. Sur la tranche supérieure de l'anse, on remarque deux appendices échancrés faisant saillie ; ses deux extrémités sont façonnées au tour. De simples filets, gravés au trait, entourent l'orifice.

Thédenat et de Villefosse, p. 84. — H 14 cent. D 187 mill. Poids, 872 gr.

18 — Grande *chytra*, la panse lisse, le goulot entouré d'un gros collier ciselé et doré, le rebord de l'orifice orné d'un grénetis et d'une frise de feuilles dorées. Le haut de l'anse est muni d'un poucier qu'on a façonné en feuille recourbée et amortie par deux chénisques et deux petits disques dont le centre est doré et semé de points clos. Les becs et les yeux des chénisques, de même que la nervure médiane du poucier, ont également été dorés au feu. Sous le pied, quelques cercles concentriques.

Voir la phototypie, pl. III.

Thédenat et de Villefosse, p. 58. — H 255 mill. Poids, 750 gr.

19 — Grande coupe côtelée. Elle est formée de douze godrons groupés autour d'une pièce centrale, dont le tour est découpé en douze arcs rentrants, et qui est ornée d'un fleuron à six pétales gravé au trait. Les douze pointes des arcs sont transformées en losanges.

Sur le pied, on distingue un graffite, peut-être LX, au milieu de cercles concentriques. Un simple filet règne autour du bord de l'orifice.

Voir la phototypie, pl. IV.

Thédenat et de Villefosse, p. 76-77. — D 245 mill. H 6 centim. Poids, 493 gr.

20 — Coupe semblable, formée de vingt-neuf godrons. La pièce
centrale représente un disque entouré de deux cercles
concentriques. Sur le pied, il y a deux graffites, le nom
de l'artiste AVRIILIANI *(Aureliani)*, et la notation pondérale
S II C qui ne s'accorde pas avec le poids actuel du vase,
même si l'on admet que le II soit un numéro d'ordre.
Voir la phototypie, pl. V.

Thédenat et de Villefosse, p. 76. — D 16 cent. H 4 cent. Poids,
169 gr.

21 — Coupe hémisphérique, la panse toute couverte de dessins
estampés qui font saillie à l'intérieur et apparaissent en
creux sur la face externe. Ce décor se divise en plusieurs
frises : près de l'orifice, quatre rangs de larmes, puis un
cordon *(licium)* entre deux filets, un rang de disques, un
cep de vigne chargé de grappes de raisins, un triple
rang de perles, et, au centre, un disque radié.
Voir la phototypie, pl. V.

Thédenat et de Villefosse, p. 77 (pl. 1). — D 125 mill. H 8 cent.
Poids, 173 gr.

22 — Coupe plus petite que la précédente, dans laquelle elle
s'emboîte exactement, mais pareille de forme et de
décor.
Voir la phototypie, pl. V.

Thédenat et de Villefosse, p. 78. — D 111 mill. H 7 cent.
Poids 141 gr.

23 — Grande coupe à rebord ciselé. Le rebord, légèrement con-
vexe, fait saillie au dessous de l'orifice. Il est orné de
feuilles de chêne, de fleurs et de rinceaux en relief, ciselés
avec un goût exquis, et bordé de feuilles d'acanthe et
de deux rangs de perles. Graffite sous le pied : AD.
Voir la phototypie, pl. VI.

Thédenat et de Villefosse, p. 78. — H 95 mill. D total, 23 cent.
Poids, 845 gr.

24 — Grande coupe à rebord ciselé. Le décor du rebord se répète quatre fois; il représente un lion marin couché entre deux masques, l'un de Pan, l'autre d'un satyre imberbe, puis des rinceaux d'un très bon style. Un rang de perles fait office de bordure. Sous le pied, le graffite **X**.

Voir la phototypie, pl. VII.

Thédenat et de Villefosse, p. 80. — H 9 cent. D total, 205 mill. Poids. 854 gr.

25 — Grande coupe à rebord ciselé. Sur le rebord, cinq bouquets d'acanthe, placés à intervalles égaux, et autant de petits aigles, la tête tournée en arrière, séparent des rinceaux chargés de gousses. La bordure est formée par deux rangs de perles. Sous le pied, un graffite à peine perceptible.

Voir la phototypie, pl. VII.

Thédenat et de Villefosse, p. 81 (pl. 2). — H 9 cent. D total, 22 cent. Poids, 983 gr.

26 — Grand plateau circulaire *(discus)*, bordé d'un *licium* et portant au centre une croix gammée et niellée. Deux cercles concentriques sont gravés au trait près des bords. Au revers, le graffite **ANV**.

Voir la phototypie, pl. VIII.

Thédenat et de Villefosse, p. 52. — D 328 mill. Poids, 932 gr.

27 — Grand plateau circulaire, légèrement concave et bordé d'un *licium*; au centre, un fleuron niellé.

Thédenat et de Villefosse, p. 53. — D 36 cent. Poids, 1061 gr.

28 — Grand plateau circulaire, légèrement concave et bordé d'un *licium*. Au revers, le graffite **PIISTT–**, indiquant le poids : P(ondus) 2 (librae), 1 semis, 1 quincunx (955 grammes).

Thédenat et de Villefosse, p. 53-54. — D 336 mill. Poids, 919 gr.

29 — Plateau décoré, sur sa face interne, d'un grand médaillon
qui représente Mercure debout entre un coq et un bélier.
Le dieu est posé de face et vêtu d'une chlamyde dont on
distingue l'agrafe sur l'épaule droite. Il a la tête ailée, les
bras abaissés ; sa main droite tient une bourse, l'autre un
long caducée, dont l'extrémité inférieure est ornée d'un
bouton.

Ce sujet a pour bordure une frise d'acanthe appuyée
sur un rang de perles. Cette bordure est dorée, de même
que les ailes de Mercure, sa chlamyde, ses attributs, le
coq, la tête et les pieds du bélier.

Voir la phototypie, pl. IX.

Trésor ... de l'Allier ... p. 13 (pl. 2) ... D. 25 cent. Poids.
485 gr.

30 — Situle, ornée d'une large bordure en relief doré. Cette frise,
finement ciselée, se compose de bouquets d'acanthe, de
rinceaux, de fleurs et de rosaces, disposés avec le plus
grand art ; elle est bordée à son tour par deux rangs de
feuilles et de baies.

L'anse est mobile ; sa tranche supérieure est munie de
deux enroulements en saillie, et ses extrémités sont façonnées en fuseau. Elle est passée dans deux oreillettes hémi-
sphériques, accostées de petits disques et placées droites sur
les bords de la situle.

Sous le pied, plusieurs graffites.

Voir la phototypie, pl. X.

Trésor ... et de l'Allier ... p. 81-82 (pl. 3) ... H. 15 cent.
D. 20 cent. Poids, 1306 gr.

31 — La Fortune debout, portant au bras gauche une corne d'abon-
dance. La déesse a de longs cheveux bouclés ; son dia-
dème est orné de cannelures ; sa draperie se compose d'un

peplos à manches courtes et boutonnées, et d'un manteau. La jambe gauche supporte le poids du corps, le bras droit est perdu.

Figurine en argent estampé, ciselé et en partie doré. Son socle, un peu déformé, est taillé à six pans et orné de deux bordures d'oves.

Voir la phototypie, pl. II.

H totale, 176 mill.

32 — Esclave arabe, accroupi et endormi, tenant une cassette entre ses jambes. Il est chaussé de sandales, vêtu d'une tunique sans manches et d'un manteau à capuchon, la *caracalla*; ses yeux sont fermés et sa tête s'appuie sur la main droite, tandis que la main gauche retient la chaîne de la cassette.

Six trous pratiqués dans la chevelure de l'esclave indiquent que l'objet est un vase, probablement une poivrière, façonné en figurine. On connait des vases de bronze analogues, dont un a fait partie de la collection Julien Gréau.

Le manteau est en partie doré et orné de broderies dorées (sur le dos, un groupe de quatre feuilles de lierre; sur le capuchon, deux équerres). De même, l'armature de la cassette, la chaîne et la base ont été dorées au feu.

Voir la phototypie, pl. II.

Thédenat et de Villefosse, p. 84 (pl. 1). — H 92 mill. Poids, 52 gr.

33 — Petit socle de figurine. Dans le haut, une bordure d'oves; dans le bas, une couronne pointillée. Graffite, **M**.

H 18 mill. D 24 mill. Poids, 25 gr.

34   Petite coupe en bronze plaqué d'argent. Cercles concentriques autour de la panse. Sous le pied, un graffite inscrit dans un carré au trait et reproduit dans l'ouvrage de MM. Thédenat et de Villefosse, p. 90, n° 27.

Les deux coupes suivantes s'emboîtent exactement dans celle-ci.

H. 49 mill. D. 80 mill.

35   Petite coupe en bronze plaqué d'argent. Même forme et même décor. Graffite reproduit l. c., p. 87.

H. 55 mill. D. 85 mill.

36 — Coupe semblable, mais plus petite. Graffite sous le pied, publié l. c., p. 90, n° 28.

H. 4 cent. D. 7 cent.

37 — Petit plateau en bronze plaqué d'argent. Graffite sous le pied : GIINIALIS (Genialis).

Thédenat et Villefosse, p. 90, n° 29. — D. 11 cent.

38 — Autre exemplaire. Graffite : GIINIALI.

Thédenat et Villefosse, p. 91, n° 30. — D. 11 cent.

39 — Plateau de balance en bronze plaqué d'argent.

D. 13 cent.

40 — Neuf charnières de meuble, en os.

41 — Couperet (brisé) en fer étamé, avec son manche en corne de cerf.

42 — Six monnaies romaines en bronze provenant de fouilles opérées à Chaource postérieurement à la découverte du trésor d'argent : Domitien, MB. Trajan, GB. et MB. Hadrien, GB. Antonin, MB. Postume, PB.

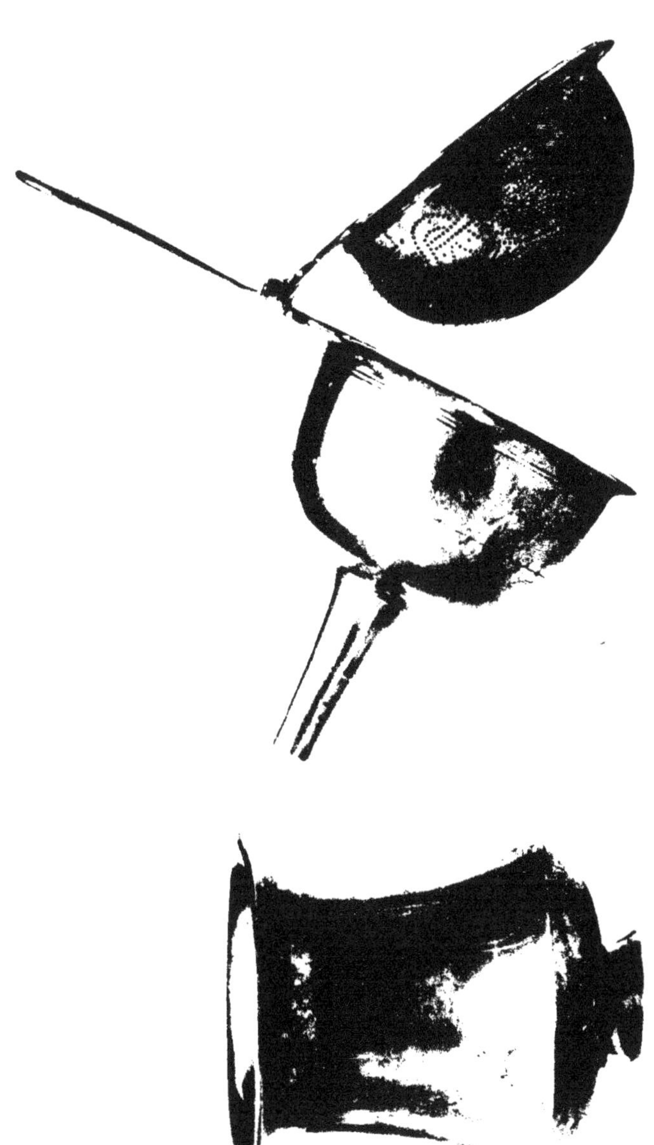

TRÉSOR DE CHAOURCE

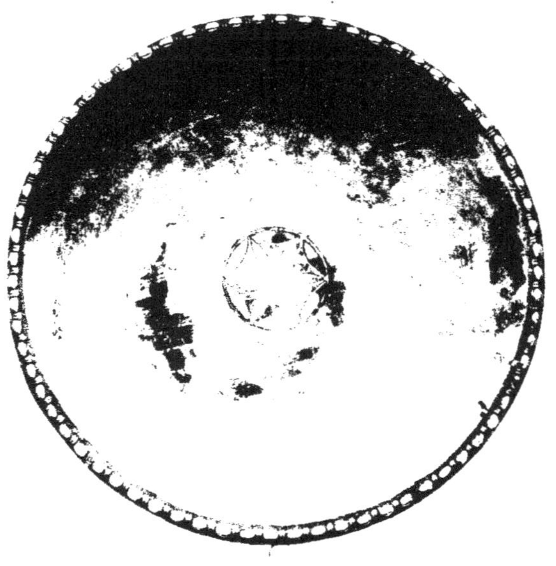

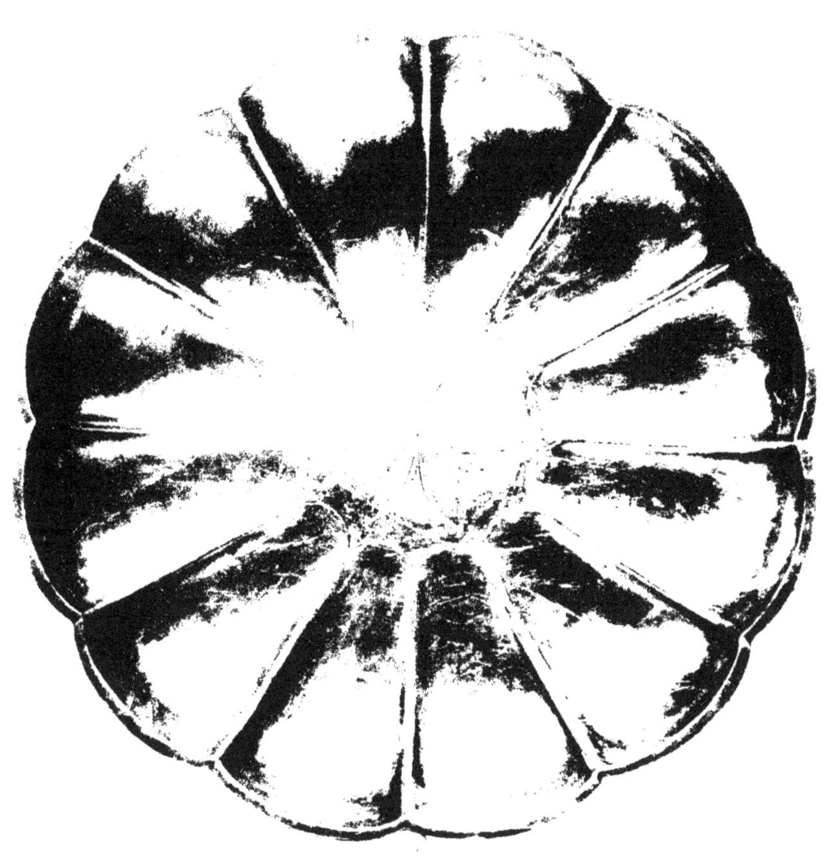

TRÉSOR DE CHAOURCE

TRÉSOR DE CHAOURCE

TRÉSOR DE CHAOURCE

Catalogue du

Trésor de Caource

(découvert en 1883 près de Montcornet, Aisne)
argenterie antique.

Hôtel Drouot juin 1888

10 Planches

Paris 1888
brochure f°

ott

travers un
iolents d'

LO Juillet.

ons du Prince

nte ne sont ni
ni clos, mais
nveillante à leur

t le seul à repré
doit voter en
une preuve de
subir les lourdes

inspirer confian
maintenant regret-
tant de nombreux
énizelistes .

r de la déclara-
le peuple grec
de son choix ".

cours nous admirent et à l
héroïquement."
M. Borsarelli a ter
salutations chaleureuses
à leurs chefs et à M. Bose
acclamé .

———

Genè

Dans le BERLINER
Morath dit ne pas savoir q'
exactement l'offensive con
sur le groupement des trou
affecte de croire que les
ont été très restreinte.
pour affirmer que Allemand
ment leur liberté de manoe
re direction des operatio
veulent, c'est à dire sur
français et sur tout le fr
si une brèche ici ou là se
si étendu .Il appréhende t
succès russes sur la Roumai
fensive russe se montre en
rante qu'on ne s'y attenda

———